U0740958

我喜欢看着你，小苹果。
你圆圆的，表面光溜溜的，真好看。

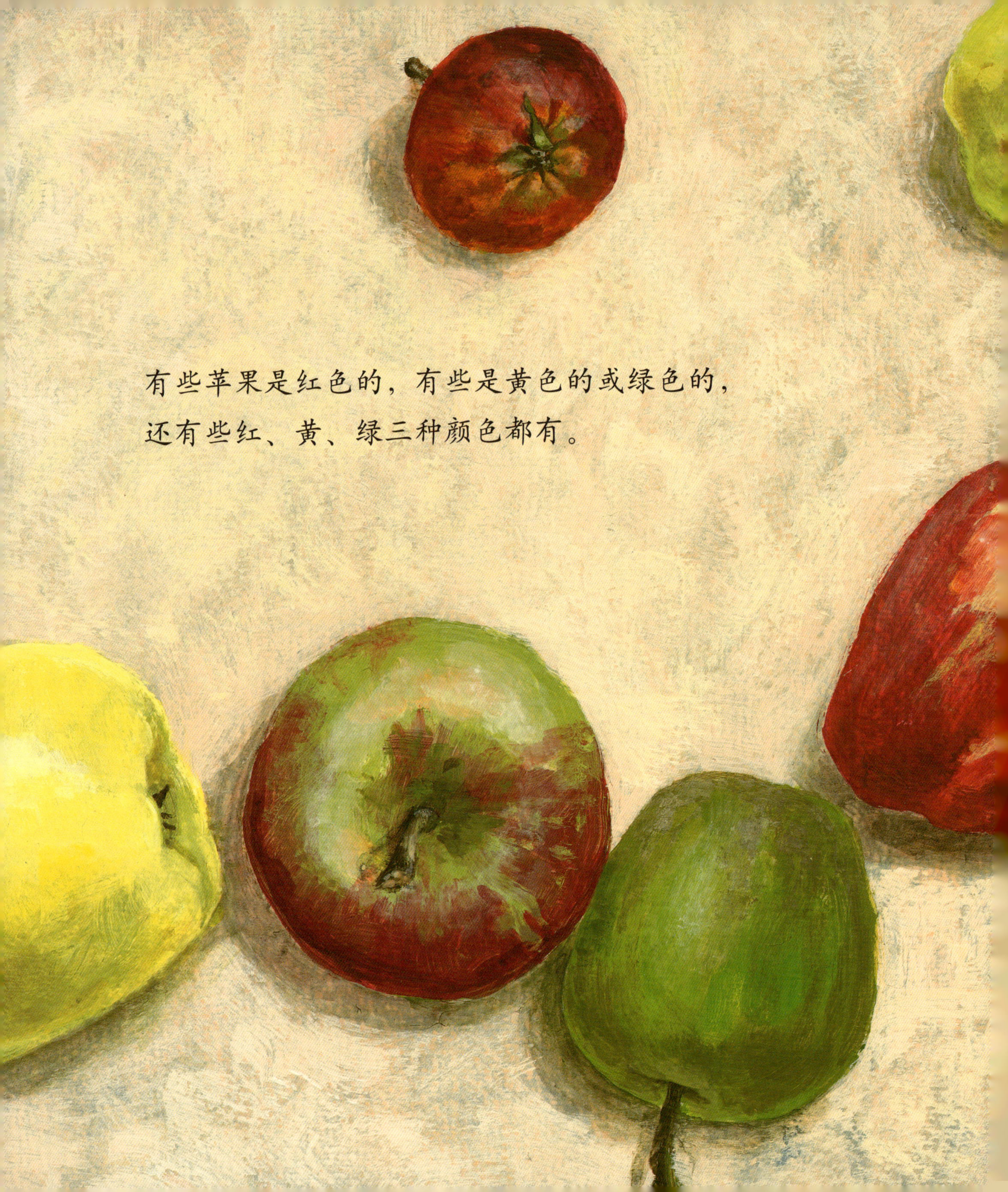

有些苹果是红色的，有些是黄色的或绿色的，
还有些红、黄、绿三种颜色都有。

苹果吃起来味美多汁，对身体还很好。
知道这个的可不只是人类哟！

把苹果横着从中间切开，
你就会发现一个秘密——
苹果里面藏着一个小星星！

在这座星形的小"房子"里，
有几粒棕色的种子，它们正在沉睡。

被种到湿润的泥土里之后，苹果种子就会苏醒过来，
然后越长越胖，接着长出根和子叶*。

*子叶：种子植物胚的组成部分之一，是种子萌发时的营养器官。

几年之后，当初的小小嫩芽就会长成一棵枝繁叶茂的苹果树。小苹果，你就是从这样的树上长出来的！

春天里，你还是一朵娇艳的粉白色小花。
好多蜜蜂朝你飞来，吸吮你的花蜜，
并把花粉带到另一朵花里。

夏天，你变成了小果实。
你每天都会长大一点点。

大地和雨露滋养着你，温暖的阳光让你变得香甜多汁。
夏去秋来，你成熟了，变成了一个漂亮的苹果。

农夫们把你从树上摘下来，
然后，你来到了我面前。

能吃到你，我真高兴。

希望其他小朋友也能吃到味美健康的水果。

谢谢你，小苹果！